Kikuchi Yoshio SENRYU Collection

川柳

男の脱衣籠

菊地良雄

新葉館出版

男の脱衣籠■目次

川柳　男の脱衣籠

五十点満点

壜の蓋だけは男として開ける

献杯と言いそうになるクラス会

好かれないようにしている人嫌い

辞退するつもりで待っている叙勲
つらいかと訊かれ頷きそうになる
とびついてゆきたい人に連れがある

無頼派の友が禁煙席にいる

ご夫婦と思われてから好きな店

お若いと言われるような歳になる

公務員らしくないねと褒められる

おとなしく親孝行をされている

就職組だけが憶えていた校歌

悪友に申し訳ない休肝日

消しゴムがあるから迷うことになる

仁丹を噛んで親父の歳になる

かわいいと言われた頃のように拗ね
痩せたねと言えないくらい痩せている
謹呈の本は読まないものである

命日に出てもゴキブリ叩かれる

若づくりするから歳が歳に見え

なんちゃってなどと本音を引っ込める

シェアハウスさて仏壇の置きどころ

不美人を褒めて泣かれたことがある

ふつつかな娘ですがと睨みつけ

節穴があると覗いてみたくなる

悪友へ留守と言わせてから迷い

お悔やみは上手な人についてゆく

クラクション街が短気になっている
強くなる前に人気が出てしまう
顔だけで苦情係に選ばれる

デモはもうやらないのかと焼き芋屋

店員はどちらの財布だっていい

過労死を心配されたことはない

幸せなことに明日がわからない
甘党になったわけではない禁酒
閉店を常連さんが許さない

ラストダンス男が貴重品になる

三日ほど遅れ筋肉痛がくる

現役の頃にはあった日曜日

シャボン玉屋根まで飛んで親不孝

匿名の寄付に気付いてもらえない

休肝日飲むことばかり考える

父だけは叱らなかった袋とじ
大法螺で自慢話を黙らせる
戦友にしては色気がありすぎる

だんまりを覚え無敵の妻となる

印税があれば皿など洗わない

どことなく汚れて恋の猫もどる

いきがった後で数えている財布
太るのも男がわるいことになる
平気ではないから笑っているのです

わるくない母が代わりに叱られる

幸せな人は哀しい歌が好き

生意気なやつの名札をしかと読む

立ち読みの時は面白かった本
動かなくしてから使用説明書
主義として子どもにトロは食わせない

言いやすい顔をさがしている苦情
番犬も被害届を聞いている
ボランティアほんとになにも貰えない

悪役はものを食べない方がよい

本当に来る人もいる転居先

深読みをされてそういうことにする

守れない約束ばかりしたい恋

お見舞いは表情筋がくたびれる

爺ちゃんと呼ばれて怒るお婆ちゃん

オペレッタこんなことまで歌で言う

東京へ来ると大阪弁になる

この人も約束のない歩きよう

説得に時間のかかりそうな顎

美男子にさほどでもない妻がいる

性格が台所には収まらず

お見舞いは飲む約束をして帰り

症状が治まるくらい待たされる

天才と同じ理由で遅刻する

歯ブラシがないからたぶん家出です

きっかけがなくて怒ったままの風呂

奢られた分も包んだ御霊前

転勤のたびに泣かせたランドセル

愛のあるうちは言わない愛してる

つまらない本屋だ売れる本ばかり

ノックぐらいしてよと妻も若くない

大ジョッキやっとこの人らしくなる

新婚は仲間はずれにしてあげる

面目ないなどと嫁さんが若い

メモ持って来ると市場があたたかい

話さないことは聞かない父の耳

正座して一生酒は飲みません

帰るなと言いそうになる終電車

無口でも思慮深いとは限らない

マドンナと握手のできる歳になる

ゴキブリが出たときばかりお父さん

デスマスクはじめて顔を褒められる

おかわりを叱られている玉子酒

義理で来た個展とわかる歩きよう

追いかけてくる筈だったのに背中

母親を見てから迷うプロポーズ

注文を生簀の蛸も聞いている

形見にとあげた時計をさがす朝

酒二合気楽な父に成りすます

寝そべって書いたハガキを拝まれる

見るだけにすればよかったのに美人

避けている人もこちらを避けている

ノンアルコールビールの人と飲むビール

エプロンを持ってきたのが今の妻

なんとなく声をひそめる泌尿器科

梅雨空に叱られそうな滑り込み

借りたもの返し言いたいことがある

そんなことあったあったと通夜の酒

ラーメンとカツ丼ビール仮出所

よく噛んで食べると味がわからない

いつどこで落としたのかを言わされる

失恋をすると働く寅次郎

接吻をしないとわるいような月

暖かくなるまで待っている家出
ヘソクリの被害届は出しにくい
よい方の私が声に出てしまう

おもしろい本では困る不眠症

遺産分けまず父さんを拝ませる

寝る前の酒が無罪にしてくれる

やきもちを妬かない人と思われる

母の日の母の笑顔にだまされる

やんわりとお酒を叱る飯茶碗

余生とはこういうことか貼り薬

饅頭を頂いている休肝日

冗談が警察犬に通じない

気持ちほど走っていない交差点

優先席なんかあるから当てにする

もの凄い話題で食べる外科の昼

心配が妻をこんなに太らせる
シナリオになかった父の台所
年の差を考えているプロポーズ

人相のわりに名前がおとなしい

子どもにはうれしい通夜の台所

おふくろを呼ぶと親父がついてくる

転職をしても綽名が変わらない

女嫌いに三人の姉がいる

電灯に紐がつないである孤独

のど自慢母を泣かせる歌がある

飲みそうな人を選んで道を訊く

失望が酒の肴にあからさま

行く末を覗いたような妻の留守

借金も大きくなると褒められる

働いた金でいただく発泡酒

プラトニックだから怒っているのです

留守電に用件のみの父の声

五十点満点だったことにする

遠足のみやげが所帯じみている

人生を語らなければよいお酒

軽そうに抱かねばお姫様だっこ

退社時間までをつぶしている無職
うかつにも女性の歳を言い当てる
不美人は甘い言葉を信じない

前立腺あと二駅を途中下車

またポチの餌がなくなる急な客

言いにくいことは男も言いにくい

悔いのない結婚だったことにする

不器用と思われてからヒマな釘

色っぽい顔に生まれた不幸せ

美しくなるから恋が隠せない

凡人とわかる無遅刻無欠勤

にこやかな夫婦喧嘩となるダンス

父さんに叱られてきて犬をぶつ

遺影にも妻のセンスを着せられる

大人ほど無邪気ではないランドセル

はじめから一人だったらただの冬

父親の笑わせ方を間違える

怖かった父が林檎を剥いてくる

臆病をプラトニックというらしい

遥拝を許してもらう父の墓

雑巾にされてタオルに戻れない

さみしくて猫語がわかるようになる
役に立つうちはビールが出たのだが
すぐに買う買ってもらえなかった父

長男にあって二男にない写真

熱演に申し訳ない客の数

速達で返事のほしい老いの恋

二枚目のしない苦労をしています

ふさわしい人に試験がむずかしい

ビールからお酒に替える聞き上手

引き止める語彙が足りない時刻表

待っているわけではないが喪服干す

日曜を娘の客が着替えさせ

だしぬけに飯が出てくる休肝日

出て行けと言った帰りを待っている

花嫁に一番遠い父の席

かさぶたを剥がす招待状がくる

うたた寝の老眼鏡をとってやる

酒飲みとわかってしまう注がれよう

拍手してひとり芝居を終わらせる

喪主席に迷子のような父がいる

ふるさとに我慢づよさを叱られる

居ないのをたしかめてから妻を褒め

味のある顔だと祖母だけが味方

おとろえを真面目な人と思われる

来るはずのない子の布団干している

ほんとうにお茶だけだった回り道

テロでない証拠にゴミは持ち帰る

夢で飲む酒

威張らせてもらった分の皿洗う

一回で老人会をやめてくる

飲み代を子ども銀行から借りる

天才はいない我が家の寝正月

父のない子には眩しい肩車

馬のことほどは知らない妻のこと

泣く前にうまく電車が来てくれる

病人のジョーク用心して笑う

雪掻きの境界線を笑われる

今朝食べたものを教える義理はない

大切なことは小さく書いてある

僕の真似しただけの子が叱られる

鍵っ子の教室だった紙芝居

捨てられることを知らないオムライス

ありがとうございましたと黙らせる

栄転のハガキは妻に見せてない

天職でないと気づいた定年日

親馬鹿とわかっていても勝手口

父だけがひとりで回る洗濯機

勘定も二つに割って老いの恋

老人は老人らしくしたくない

打ち消すと本当らしくなる噂

出身がわかってしまう標準語

タクシーで追いかけてきた飲み薬

テレビとの喧嘩を猫に笑われる

家中の灯りをつけた水枕

孤独死のこんなに多い通夜の客

説教がハガキの表までつづく

騙された母をきつくは叱れない

ひとり寝のシーツに一人だけの皺

女性から警戒されたことがない
日曜日みたいな顔で起きてくる
どうでもいいところは声に出して読む

好きなんでしょうとマイクを譲られる

貧乏のわけがわかった通夜の列

写真には妻の怖さが写らない

夢で飲む酒もいつもの発泡酒

怒らずに聞けばよかった水加減

金のない言い訳せずに済んだ雨

簡単にいかぬ患者は待たされる

男からしたことになるプロポーズ

悪友に泣く場所のない家族葬

縁談はまず散髪に行かされる

わるくない人だっている公務員

花嫁は次のお酌を待っている

親戚は一人殺すと癖になる

二と三は同じではない四捨五入

退院の母がさっそくやかましい

それまでは仲がよかった遺産分け
金のあるうちは利口に見えていた
点滴に入れてやりたい酒がある

商売の下手な分だけ友が増え
年収で父の偉さが測られる
左遷地のリズムが性に合っている

金のある人は金ではないと言う
ほんとうの顔でとび出すボヤ騒ぎ
とりあえずビールで喉を黙らせる

驚いてあげる苦心のサプライズ

斬る人も斬られる人もエキストラ

神頼みいいというこ とみんなやり

立ち聞きをしていたらしい上機嫌
うたた寝を起こすほどでもないドラマ
異議なしをビールの栓が待っている

込み入った話を酌は迂回する
それほどは困らなかった妻の留守
手伝わぬことが一番よろこばれ

我慢した昨日が羽目をはずさせる

そしてまた男は道を間違える

休肝日赤信号で気が変わり

母の日の花の値段を叱られる

家内安全うちでいただく発泡酒

ひとりなら夜道が恐くない女

遺された私物の中にアリナミン
打ちやすいボールを妻が投げてくる
整頓をされて昨日が探せない

告白の手前で信号が変わる

母の目を盗んで飲んだ痛み止め

変人と言われてわるい気はしない

キャッチャーの捕れるボールを投げて負け

忠告のとおり肝臓病になる

三次会賢い人は来ていない

飲んでないときは呂律が回らない

欠点は人の気持ちのわかる耳

ハグまではプラトニックに含まれる

ぜったいになんて言うから嘘になる

フィクションと書いて本当らしくする

同居してホームドラマが嘘っぽい

引き受ける話に即答はしない

幸せな人が孤独に憧れる

あの頃のようでなくてもディナーショー

遠方にいることにする不肖の子
欲しいものないと言われて高くつき
年金の額は訊かないことである

現役のころの形状記憶シャツ

欲のない男は敵に回さない

ボケ防止そんな麻雀なら御免

母だから息子の声を間違える

大丈夫大丈夫よとへこませる

夏に負け冬にも負けて縄のれん

伴奏が心配そうについてくる
母さんのようになれよと嫁がせる
少しならいいただきません休肝日

目的地付近でナビがいなくなる

物騒なことを補欠は考える

中継がおわると失礼を詫びる

定年になると仕事がしたくなる
愛情はあるが実行力がない
また母は許してしまう父の酒

とび起きてどこへ帰る気おとうさん

正解をされて態度を叱れない

道を説く父ファスナーが開いている

飼い主の匂いを齧る初七日

冬眠の穴で働く音を聞く

相槌も打つが飲むのも忘れない

謝れと言われなければあやまれた

捨てられていても薔薇には棘がある

色っぽくならないように脱ぐ検査

ご機嫌を損ねセカンドオピニオン

終電の次の電車を待っている

逢引きも淡泊になりティールーム

バカヤロウ　車の窓は閉めてある

いい父といい母だから喧嘩する

手錠した人から貰うアドバイス

大概のことには慣れるものである

怒っているうちはそれほど怖くない

どちらでもいいことだからむきになる

急いているときに限って父が出る

二股を賽銭箱は咎めない

職のあるうちは立派に見えた髭

万引きは犯罪である歎異抄
腹の立つことを言われたから跳べた
酔いざめの水に頭が上がらない

ポチのときほどは泣かない父の時

友引を挟むと薄くなる涙

お見舞いが帰ると病人に戻る

美男美女だけで映画はつくれまい

生きていたことに驚く死亡記事

万歩計つけて車に拾われる

罪のない母を怒鳴ったあとの酒

ホンモノの二倍は本を読んでいる

もてなしのお茶は作法を笑わない

フルムーン文庫一冊読み終える

頼むより断わる方に嘘がある

よい医者だ紹介状をすぐに書く

この人といると無口でいられない
座布団をつかわないから断る気
目立たないようにお詫びの記事が載る

よその子を叱って変人にされる
クレームにきて常連の客となる
一つだけ歌える歌を歌われる

絵葉書に金の話は似合わない
先輩の薄い財布におごられる
マニュアルのとおりに客を怒らせる

ほんとうに旨いときには喋らない

母親の幅だけ雪が掻いてある

遅刻して褒められている雪の朝

自転車を漕いでわかった登り坂

神様と呼ばれたこともある仏

賽銭の惜しい気もする神の留守

常識があって話がつまらない
遺言のように煮炊きを仕込まれる
明日から倹約をする無駄遣い

父親の仕事もつくり父を呼ぶ

奢られる金額だけは聞いている

胃の薬飲んで理想の父でいる

よくなるとナースコールが忙しい

エデンの園そんな名前のケアハウス

医者の書く紹介状に封がある

ため息はよそう喜ぶやつがいる

セールスの妻セールスを断れず

手を貸せば叱られそうな白い杖

オスだけが残った冬の金魚鉢

麻酔から覚めてもケチのままである

問診へ少なめに言う酒の量

結婚をどうしてもとは母言わず

貧乏な人は正札どおり買う

葬儀屋の目に寸法を測られる

ナフタリンどこかに母がいるような

無理をしてくれそうだから頼めない

父親が動くと碌なことがない

鈍感なふりをするのも父の役

ご先祖へ声をひそめる墓じまい

半分はさがす時間に充ててある

クレームをつけない客は来なくなり
来年の約束までに微妙な間
お母さんパンツに名前書かないで

最後まで聴かせてしまうほど音痴
頑張っていないときには褒められる
許すとは言わず土産を包む音

言い訳はしないそういう父である
嬉しくて叱られることばかりする
前略とくればお金に決まってる

ライバルも振られて友達に戻る
腹の立つ手紙ときどき読み返す
発音のわるい英語は聞き取れる

△がないから×にした相手
勘定と言われるまでは恋だった
失恋のたびに化粧がうまくなる

父のカレー

それよりもいくらだったのサクランボ

親友に教えていない参考書

水遣りが過ぎて男を駄目にする

おおらかな性格らしい脱衣籠
女医さんと聞いて下着も取りかえる
サークルに美人はいないことにする

幸せになると哲学しなくなり

翌朝は礼儀正しい酒の客

その朝の死刑囚にも胃の薬

好きなだけお飲みなさいと脅される

ギアチェンジ弱いところも見せておく

ティッシュ配りまでの歩幅がむずかしい

告白の場所がよくない通学路

温泉にきても貧しい口喧嘩

遠慮してややこしくする順不同

お店からですと左遷に酒がくる

セールスを話し相手に捕まえる

読んでない本なら人にあげられる

欲しいもの今なら買ってあげられた
あの世からですかと詐欺を黙らせる
ピカソだと言われてピカソだとわかる

この人に出しても味はわかるまい

当然のことしか言わぬ処方箋

予想とは違うところを褒められる

手と足が考えるからデモになる

禁煙で社内事情に疎くなる

学校の話が母にまといつく

欲望のひとつに鍵をして眠る

長生きをする約束をさせられる

もめている空気の店に来てしまう

黙祷の一分間はノーサイド

また何か言われたらしいダイエット

シャンソンに憧れている歌謡曲

行列の隣の店で昼にする
なれそめを母は笑っているばかり
あのときはどうかしていたプロポーズ

お礼などするから友が来なくなる

人生を語りたくなる五十代

母ならばどう叱るだろ女の子

親切にしてもいけない妻の客

弁当は妻がつくったことにする

不美人にとても優しい女の目

糖尿の犬とキャベツを食べている

よい方の耳でも母は騙される

紙コップ使われ方を選べない

譲られて年寄りらしくしてしまう

まだ生きているぞと山の芋がくる

はいポーズ遺影にされるとは知らず

酔わないとたどりつけない店がある
眠そうな顔で始発のバスがくる
さっきから何度も通る鉄火巻き

顔なんか載せて詩集は売れ残り

サクラ咲く父はローンを組む話

美味しいと思ってしまう通夜の酒

深酒を商売抜きで叱られる

足音を立てて新婚さんへお茶

深呼吸してから叱る受験の子

力にはならない友がとんでくる
ほんとうに困ったときは頼らない
でもねえとまだ反省が突っ掛かる

二女三女父には不利な多数決
泣いているうちに悲しくなる女優
甘え下手だから男を怒らせる

幸せな人はこんなに笑わない

悪友も心得ている披露宴

夕刊を家で受け取る歳になる

母親を褒めてもらえた箸づかい
美男子に懲りた女に選ばれる
ほどほどが医者とは違う酒の量

腹の立つときに蹴飛ばす石がない

人生を教える父の背が低い

氷河期に入る茶碗の割れる音

あきらかに夫のためでない化粧
スカートの丈にうるさい男親
男運わるいところも妻に似る

どうしても欲しいわけではない返事
いることを忘れるくらい仲がよい
足の立つところへ来ると強くなり

遊びだとわかってホッとする喇叭
近所から教えてもらう娘の相手
物忘れいつも何かをさがしてる

ささやかな縁を頼ってきた名刺

腹の立つときにも旨い妻の飯

うるさいと怒鳴って今日も父の負け

共犯にするには頼りない女

過去形で褒めて美人に睨まれる

ゴミの日は化けて出てきてお父さん

反対をされなくなってから迷い

目も耳もよくないことにする同居

給料の順に並んだ通夜の客

口笛を吹きたいような妻の留守

甲斐性のない人ばかり酒の友

恩人の墓がだんだん遠くなる

無理ならばいいと朱肉を持っている
神仏に祈れぬ人の手術の日
ケアハウスところで酒は出ますのか

色っぽいことに気付いていない指

長男が僕の写真を撮りたがる

訊かれない年齢をいう歳になる

ブランデー君は紅茶を入れすぎる

爺ちゃんになってわかったことがある

夢でしたことを謝ることはない

独身がまた増えているクラス会

お薬をどっさり飲んでいる元気

金のない人だとわかる無駄遣い

引き返す理由をさがす八合目

遊びたい年頃だったのに長女

青春のためらい傷を隠す皺

その頃の評判どおり無理をする

退院の妻にあわてる皿の山

ライバルの怪我を願ったことはない

職安も休み勤労感謝の日

いいものはいい前言を翻す

どうやって帰ってきたか泥の靴

人生の駅に立ち喰い蕎麦がある

転んでもよいところには転ばない

褒めないと拗ねる男と鰹節

福豆もルンバが拾うことになる

おじいさんそれは私の薬です

おとなしいデモは子どもを連れている

結婚の前は年下だった妻

腕白がふたり行儀もわるくなる

戦争を知らない後期高齢者

支持率のわりには低い視聴率

訊かれたいことはちっとも訊かれない

6Bで描けばよかった父の顔

ちょっと待て無口な人がいま喋る

年齢を訊きそうになるクラス会

奥さんに言わされている休肝日

クレームへ課長代理が拝まれる

おかあちゃん達がざわつく通夜の紅

本当のワルは刑務所にはいない

整形の母だけが知る母親似

連れ合いが大人なんですいい夫婦

スイッチの場所を忘れている帰省

口止めをしたらほんとに喋らない
美人なら失敗だって褒められる
わるいことしてきたあとの肩車

ほんとうに怒ったときの丁寧語

マスクしてマスクの人を避けている

融通の利かぬところを見込まれる

悪友と思われてから茶も出ない

飲みすぎを叱られてからママのファン

優先席やや若いのが席を立つ

かみさんが綺麗に見えるわるい酒

性格のわるいのもいる金魚鉢

人間が出るから困るバイキング

ブランコがときどき深いことを言う

夫婦でも楽屋は別の方がよい

ピアノだけ聞いて美人と決めている

ネクタイの締め方だけは忘れない
病名が付いて人間らしくなる
もう少し強かったはず父の酒

どの顔で起きていくかが決まらない

窓開けて隣に窓を閉められる

子の知恵でないなと思う肩叩き

吠えてから牙のないのを思い出す

鑑定がおわると物置に戻る

ライバルの見舞った日から食べはじめ

目標が小さくなってきて二十歳

栄養にならないものが売れている

訳ありといえば男は立ち止まる

父の日へ母の日ほどは集まらず

命日をゴリラの前で思い出す

泣かれたら笑うしかないティーカップ

カタカナ語なにを隠していらっしゃる

ＯＢの野球に一服が多い

ガラス代出しあっている草野球

酒の上すべて忘れたわけでない
妻の言う美人たいしたのはいない
包丁を研いで脅迫罪になる

回覧が順番どおりまわる町

そっくりの似顔絵だから叱られる

ボタン穴もってボタンを買いにゆく

光るもの外し被告の丸眼鏡

救急車こんなに遅いものと知る

幽霊になるほど意志は強くない

厄介なお客様には赤い薔薇
親だから無い心配をこしらえる
大声を叱られている鬼は外

平熱の低い男の六度五分

母さんはピンピンしてるではないか

ひとりには申し訳ない路線バス

心配をさせないように飲みすぎる
人間は顔ではないと慰める
おふくろを座らせてからおめでとう

返そうと思う日もある免許証
仏壇の扉を閉めてする電話
空っぽになると財布が捨ててある

禁煙をしない勇気を褒められる

不戦勝ガッツポーズは遠慮する

父の日が父の財布を軽くする

少女らは潔癖すぎる父の恋

努力して父のカレーを食べている

同居してたまに廊下ですれ違う

はじめから似ていたわけでない夫婦

嫁がせて酒が失恋めいてくる

花の名を妻に教わる休肝日

約束を破る理由が来てくれる

いつまでも子どもではない子供部屋

見ていない日記へ母のアドバイス

出迎えは嬉しい顔の下手な父

酒をつぐことしかできぬ酒の友

おもしろくなると迎えのバスがくる

●著者略歴

菊 地 良 雄（きくち・よしお）

1944年　横浜生まれ。
東京みなと番傘川柳会 同人。番傘川柳本社 同人。

現住所：〒239-0822　神奈川県横須賀市浦賀6-29-10

川柳　男の脱衣籠

○

2017年 7 月28日　初　版

著　者
菊 地 良 雄

発行人
松 岡 恭 子

発行所
新 葉 館 出 版
大阪市東成区玉津1丁目9-16 4F　〒537-0023
TEL06-4259-3777㈹　FAX06-4259-3888
http://shinyokan.jp/

印刷所
第 一 印 刷 企 画

○

定価はカバーに表示してあります。

ISBN978-4-86044-634-5